KB120807

안개를 헤치고

천년의시 0143

안개를 헤치고

1판 1쇄 펴낸날 2022년 12월 30일
지은이 김정수
펴낸이 이재무
기획위원 김춘식, 유성호, 이형권, 임지연, 홍용희
책임편집 박예솔
편집디자인 민성돈, 김지웅, 정영아
펴낸곳 (주)천년의시작
등록번호 제301-2012-033호
등록일자 2006년 1월 10일
주소 (03132) 서울시 종로구 삼일대로32길 36 운현신화타워 502호
전화 02-723-8668
팩스 02-723-8630
블로그 blog.naver.com/poemsijak
이메일 poemsijak@hanmail.net

김정수 ⓒ, 2022, printed in Seoul, Korea

ISBN 978-89-6021-691-4
      978-89-6021-105-6 04810(세트)

값 10,000원

안개를 헤치고

김정수 시집

천년의시작

시인의 말

　꿈꾸지 않아도 현실 속 일상은 행복해서 다른 곳에는 눈길을 주지 않았고, 안온한 삶에 울타리 속 보장된 미래는 고요히 흐르는 물처럼 순탄했습니다.

　그렇지만 가끔 미래가 이지러져 보일 때면 생의 한편에 채우지 못한 꿈이 있었습니다.

　그런데 어느 날 태풍 같은 구조조정의 칼날에 울타리는 허물어지고, 깨진 유리창에 찬바람은 불어오고, 폭우에 시냇물은 흐르는 길을 바꾸어 버렸고, 물길에서 밀려나 시장터에서 울고 있는 개구리가 된 자신의 모습을 발견했습니다.

　그렇게 완전히 달라진 현실에서 미래의 파란 하늘은 보이지 않았습니다.

　이따금 구름 사이로 조금씩 비추는 한 줄기 빛으로 위안하며 새로운 꿈을 키우기로 하였습니다. 바쁜 중에, 자투리 시간에 어설프고 서툰 시를 습작하며 공부를 시작하였습니다. 시인이 된 미래를 그리면 어두운 그림자는 사라지고, 하나의 의미가 바다로 향하고 있음을 알았습니다. 그렇게 운명이 된 시집이 탄생하였습니다. 어려워도 헤쳐 나아가는 화자의 마음처럼 한 권의 첫 시집을 조심스럽게 세상으로 보내며 용기와 희망을 심어 놓았습니다. 그 꿈의 열매가 탐스럽게 열려서 온 세상이 행복으로 가득하기를 소원해 봅니다.

   포기하지 않고 나아가는 화자가 징검다리를 놓듯이 당신의 발아래에 돌을 놓았습니다.
   꿈을 향하여 힘차게 달려갈 당신을 위하여
   시문은 빛이 되어 길을 밝히고,
   에너지를 충전하여 나아갈 당신의 꿈을 응원합니다.

                           2022년 12월에 산봉山峰 김정수

차 례

시인의 말

해 설

제1부 소금 꽃

안개를 헤치고

어두운 산길을 헤쳐 나아갈 때에는
눈과 귀를 열어서 인적의 꼬리를 쫓으면
방향타는 흔들리지 않고
여명의 싹이 돋아나

안개는 비장한 표정을 토닥이고
이슬에 촉촉이 젖고 거친 야수의 호흡에
결실을 생각하면 배터리는 초록빛이 되지
헤쳐 갈 동안 에너지가 필요하고
나뭇가지에는 아직도 새싹이 돋아나고
거친 바람에도 아직 파릇한 노랫소리

청명한 낮을 기대하는 청춘은 빨라지고
고개를 돌리면 잎사귀에 이슬이 반짝일 때
잠자리처럼 가볍게 바람을 탈 수 있으리라

그러나 지금은 바람에도 흔들리지 않는 안개 속
온몸에 붙어 있는 밤의 흔적을 씻어 몸을 정갈히 하고
깃발을 꽂으러 가자
오늘은 맑은 날이 될 것이다

깃발

무거웠지만 힘차게 달려 나갔다.
접질린 발가락의 아우성에도 굳은 발 다독이며
다리 뻗고 웃고 있는 맑은 날을 그려 본다.
대로에 나가면 경직된 얼굴이 무거워서.
경화된 심장을 태워 봉화라도 올리고 싶었다.

월계관을 찾다가 향기를 파는 꽃집에서 군침을 흘리고
머쓱한 표정만 흘려 놓고 돌아서서 바람이 되자 했지만
어른거리는 실루엣에 한참이나 꽂혀
닥치는 대로 먹어 치워도 신선한 기운은 수혈되지 않고
겉은 바삭했지만 설익은 향기에
맛은 비리고 부스러기만 생겨나

제자리걸음에 뿌리가 자라나고
흐르는 개울에 발 담그고 흙을 씻어 내며 자유를 만끽해도
서서히 찾아오는 구토증에 주저앉아 하늘을 본다.

소화가 되지 않는 길로 온 시간들이 주마등처럼 펼쳐져
씻기듯 쓸려 나온 토사물을 남김없이 쏟아 내고
갈빗대 속에서 터져 나오는 아우성에 배를 쓸어내린다.

처음부터 다시 채우는 거다.

눈동자를 지나 영양분으로 흡수되는 과정에

반복했던 첨삭 과정으로 흡수한 닭 가슴살이 빌딩을 세우면

깃발을 올리기로 했다.

균시차

멈추라고 잠시 쉬었다 가자고 힘이 부친 건전지를 뺀다.
시계는 껄껄 웃으면서 고개를 꺼덕이며
행복은 자연스러운 순응이라고 웃는다.

바늘이 멈추어도 쉬지 않고 늙어 가는 길
중력에 이끌려 지구의 속도를 따라가며 변화하는 것을 저
항하며
지금의 환경에서 끌어당기는 미래의 파장을
직시하고 싶어서 건전지를 교체하고
이미 지나 버린 공간에 멈춘 바늘을 지금에 맞추고
흐름을 따라가면 주름은 늘어나
지나쳐 간 길을 언젠가 다시 찾은 느낌이지만
들숨과 날숨이 어제와 같이 느껴져도
나이테가 늘어날수록 더하는 횟수와 반비례로 천천히 숨
쉬고 싶은데
가속도에 힘에 부쳐서
역량을 최대로 끌어 올려도 머리카락은 듬성듬성 줄어 가고
빠진 기운에 단풍잎은 물들어
다시 꽃 피우고 싶은 욕망에 흙을 퍼부어서
나이테처럼 늘어나는 허리둘레가

아직은 해야 할 일이 남았다고 체력을 일깨워 놓아

풀어야 할 숙제가 아직 남아 있는데
균시차는 그림자보다 빨리 자라나
속도 차를 줄이려 엔진을 구하러 다닌다.

귀의歸依

길을 혼자 걷는데
볼트는 헐거워 덜컹거렸고
행선지는 아스라한데 녹이 슨 베어링은 안타깝고
신발 속 형제들은 의욕을 앞세우다 피를 부르고

해바라기의 모습으로 넉넉한 옷 섬에 칼을 품어
중심은 언제나 당신에게 향했는데
주위를 배회하다가
스스로의 몸짓에 단풍 물이 들고

종내 채우지 못한 허기에
심호흡으로 가슴을 내밀어도
여기가 어딘지 어디에 멈추어 있는 것인지

머릿속에 없었던 지식은 불러 내지 못하고
밀려오는 해일에 떠밀려
물가에 발을 담그고 주위를 둘러보다가
법구경을 펼쳐 약방문을 찾아도
구름이 떠돌아가 잠시 머문 산

>

단풍 옷을 펄럭이며

정좌하고 들숨과 날숨에 발걸음을 맞추면

첫눈처럼 가벼워질까

생각의 그늘

걷는 꿈은 황홀했어.
꽃을 밟고 환하게 웃으며 월계관을 쓴 환경環境을 쫓다가
나뭇가지는 부러져
촉촉이 젖은 옷에 붙어 있는 흙을 보면서
가슴을 쓸어내린다.

대로를 달려 속도를 올리면
매달려 있던 풍선은 어디론가 떨어져 나가고
가슴에 매단 손수건을 깃발처럼 흔드는
애늙은이는 아직도 장난감을 가졌나 봐

우산을 펼쳤는데 가랑이를 적시도록 꿈은 깨지 않아
발자국을 따라왔지만 미로를 벗어날 수 없고
왜곡된 박수 소리를 듣고는 진실한 위치를 알 수가 없어
기록을 뒤적이면 문제는 존재하지 않아
숙련도의 가점을 포기하고 입혀 준 옷을 벗어 놓아도
처음 달았던 낙인은 선명한데

언제 향기를 담아서 물음표를 던질 수 있을까
쳇바퀴는 중심으로만 맴돌아

용감해서 뻔뻔해도 얼굴은 천진한데
이미 출항한 배를 항구에서 찾다가 바다에 뛰어든다.
꿈에서 깨어난 여기는 바다

장미의 가시

장미를 움켜쥐다가 상처를 입고
소화하지 못하고 뱉어 낸 토사물에 좌절하고
이럴 땐 책을 뒤적여 영양제를 흡입하고
상처를 뚫고 튀어나온 뼈는
방망이로 두드려 맞추어 부목으로 교정하고
일주문을 지나서
치켜올린 눈썹에 튀어나온 눈 부릅뜬 사천왕의 발밑에
번뇌 망상을 밀어 넣어 세속을 잊고 엄숙하게 동화同和되
어야 한다.

정리되지 않는 구호를 숙지해 가는
딱 그만큼의 되새김에 비례해서 빨라지는 오감을 곤추세
워 귀를 기울이면
이해하지 못하는 불경이 토막 난 채 뇌세포에서 살아나

독송에 경건하게 조아려도
길가에 살아남은 풀들의 생존 능력은 가늠하지 못하고
학문을 깊이를 저울질하는 방석에 머물러서
탁발승처럼 먼 길을 돌아왔다 생각했는데
하나의 목적만 어른거려

\>

산을 오를 때 누적치를 동원하여 오감 확인하고
부호를 지우며 나아가면 엉킨 낙서는 정리할 수 있을까
장미를 조심스럽게 쥐어 본다.

돌부리

뇌세포를 쥐어짜면 떨어지는 땀방울을 남김없이 빼내어
자아도취에 우쭐거리며 그림을 그려 놓으면
지나는 걸음을 멈추고 곱씹고 음미할 줄 알았는데

무심히 지나는 길에 썩은 돌이 있었나.
불편한 돌부리가 되어 세 치 혀에 차이고 뒹구는 길

눈길이 머물러서 꽃이 되는 즐거움에
꽃길을 걸으며 찬사에 박수갈채를 바란 것은 아니었지만
푸른 나뭇잎처럼 두근거림을 느끼고 싶었는데

어둠을 헤매다 빛을 본 것 같았다.
나아가는 걸음이 선명해지기 시작하였을 때
벽에 새겨진 글자
"바른 길을 가려면 되돌아가시오."
빛이 보였는데
도리질하며 안경을 쓰면
그려 놓은 지도는 지워지고
상형문자가 자라나
길은 보이지 않아서 독도법을 습득해야 하는 시간들

>

꿈이 무너지는 통증에 깨어나

부러진 자갈을 뱉어 놓고 피를 삼키며 썩은 돌부리를 파내고

치아를 이식하고 상처가 아물 때

길을 포장하기로 했다.

낚시

번호를 찍고 제출하는 것은 한나절이야

심장에 추를 달아 바닷속으로 드리우고
아무것도 할 수 없는 무력감으로 낚싯줄에 매달려
손끝을 까닥거려도 요동하지 않는 바늘

왜 이렇게 바다는 무심한 것인지
찜통 같은 여름
몇 번씩이나 타로 카드를 들추어 빛을 구걸하고
궁금증에 바닥을 헤매다가 한 줄의 빛을 찾아도 허공을 메
울 수 없어
생경한 감정으로 이상을 적용할 수 없는
시간의 소모가 길었던 것일까

바다와의 경계가 생겨난 모래톱에서
즐거운 여름을 맞이하고 싶다고 염원하며
바늘에 매달린 무게를 짐작하고 있어

균시차均時差의 체감

벌써 오후 여섯 시가 넘어간다.

뼈저리게 느끼는 시간이야
땅 별은 시계를 쉬지 않고 돌려
발자국은 힘차게 버티어 보아도 정오를 지난 지 오래야
해야 할 일은 진행형이고
한참이나 달려가야 하는데 시침은 벌써 고개를 넘어

가속페달이 있는 것일까
어지럼증에 잠시 쉬면 안 될까
잠시 내렸다 타고 싶어
뒷자리에 앉아서 뒤통수만 보고 달려왔어
내가 운전하고 싶다고
이제야 홀로서기를 할 마음을 먹었는데
풍경을 즐기고 싶고, 만찬도 함께하고 싶은데

쳇바퀴 소리는 시끄럽다고 듣지 않고
달콤한 것만 귀를 열었던 시간들이 얼마나 우스웠던지
가볍게 웃을 수 있는 여유를 이제야 찾았는데

>

바보같이 이 즐거운 여행의 재미는 두고

세 시에 세상을 등진 바보가 문득 생각이 나

운도 없는 녀석은 황혼을 모르겠지

친구에게 물었어.

"지금 몇 시야?"

"오후 여섯 시가 지났어."

배꼽시계는 다 같을 수 없지

시원한 물 한 잔에 갈증을 달래고 다시 달려가는데

친구는 만찬을 기다리며 여유를 즐기고 있어

왜 자꾸만 목이 마른 것일까.

물을 구하려면 우물을 파야 해

친구에게 물었지. 넌 지금까지 달려왔는데 목마름은 없니

친구가 대답한다.

"웬걸, 체념했어. 그러고 나니 자유롭다네."

이제 쉬어도 될 시간이라고

내세울 것 없어도 살아온 것이 이룬 것이라고 친구는 말한다

모든 것은 놓아 버리면 행복이라고

그러면서도 펄떡이며 오후 다섯 시를 향한 나를 보면 박수

를 친다.

하지 못한 것을 동경하는 것이겠지, 부러울 테지
영혼이 가리키는 시곗바늘은 한참이나 남아서
아직도 힘차게 돌아가는데도
친구보다 늦었다고 고개를 흔들어

할 일은 생겨나고 꿈은 지워지지 않는데
낡은 엔진으로 빨리 달릴 수 없고
굼뜬 손발은 오작동에도 수리가 되지 않아
단지 낡은 컴퓨터는 처리 속도가 늦을 뿐이야
그래도 펜티엄이라고
새벽에도 힘차게 일어난다고

변명은 구차할 뿐이지만 위로하는 친구
잘해 왔다고 하지만 이제 쉬고 싶어,
그러면 편안해질까
그럴 수 없는걸.
멈추고 싶어도 나무는 열매를 꿈꾼다.

파랑새

흐르다 정지한 동공
펼쳐진 가로줄이 늘어났다가 줄어드는 환상에 머물다가
두드리는 뇌
펼쳐 놓은 세계가 우수수 열릴 듯 닫히고 열기에 깊어지
는 어둠

빛이 새어 나오는 방
애교 떠는 화면이 궁금해도 꾹 누르고
수없는 물음표와 느낌표는 교차하는 사유 앞에 뛰어든
놀이 상자를 강제 구인하고
급히 탁상 등을 켜고 다시 머물던 곳을 펼쳐서
끼적여 보는 연장선에서 숨겨진 그림을 찾다가는
가슴은 여름이고
머리는 겨울로 바뀌어
달려가는 키보드와 가끔 쉬는 스페이스
손가락이 설원을 헤집는 시간
사유하는 새는 손바닥 위에서 날개를 편다.

멀리 날아야 할 텐데
계획의 마지막 관문 앞에 똬리를 틀어서 하루를 거두고

퍼덕이는 새들을 불러 가두고 나면
상처를 물고 온 올빼미들이 달팽이관에서 울어도
호흡으로 기를 모아 파랑새를 재워야 한다.
내일을 위하여

백색의 지도

알지 못해도 숨겨진 미로를 찾아가는 것이 좋아
암호 같은 지도와 숨겨진 칼
날카로움으로 감추어진 눈부신 빛
현기를 머리와 심장에 채워서
처음에는 하늘빛 되돌아보면 바닷속

길을 찾는 배고픈 열정으로 펼쳐 놓은 식단에
꼬리 무는 의문부호
하나의 반찬에만 젓가락이 머문 것을 경계하며
소화되지 않아도 삼켜서 행방을 모르는 영양소와
꾸역꾸역 삼켜서 토해 놓은 글자들이 흐트러져
새로운 길에 마르지 않는 옹달샘으로 양념 간이 적당하기를

길을 잃을 때
눈을 감으면 보일 것 같은 길
귀와 눈을 열면 목적지에 이를까
깃발을 지나치면 다시 도돌이표를 만나
숨겨 놓은 과제는 킁킁 코를 가져다 냄새를 음미하며
차근차근 펴고 접어서 찢어지지 않도록
그러다가 간직하고픈 순간이 오면 갈무리하고

굽이마다 숨겨 둔 보물은 달라서
지도를 따라 완주하면 모두 내 것이 될 수 있을까

흡수한 것들이 소화되면 머리에서 흘러나와
태양 빛으로 말려서 순백으로 피어나기를 소원한다.

끌어당김

지금의 초상은 과거의 행동이 만들어 놓은 현상이며
미래는 현재의 기운으로 만들어 가는 결과물이다.

인지하지 못하는 미래는 경우의 모든 수가 포함된
형상이 없는 입자로 머물러
현실처럼 그리며 구체화하여 노력하면 파장으로 활동하
기 시작해

미래의 공간을 형상화하여 노력하면
그리는 범위까지 사실처럼 윤곽을 입혀 나가지
보이지 않아도 예측 가능한 미래의 공간은
나아가는 만큼 조금씩 파장을 움직여 구체화하지

상상할 수 없는 미래는 현재를 기준으로 모든 경우의 수를
포함하고 머물다가
시선이 향하는 곳으로만 형상을 찾아가며
없는 듯이 텅 빈 상태의 입자로 머물러

꿈을 꾸고 그렇게 믿고 다가가면
소원하는 미래는 그런 모습으로 활동하며 이끌려 와

미래는 모든 상태로 존재하지만
그리지 않으면 다가오지 않고 소멸하지

꿈을 향하고 상상하며 그렇게 하루를 행동해
오늘은 꿈을 위해 무엇을 그려 넣을 것인가.
꿈을 향해 어떤 파장을 보냈나.
욕심을 부리지 마
아주 조금씩 한 발자국만
오늘도 파장은 활동하며 나아가고 있어
미래는 모든 경우의 수를 포함한 완성된 우주야
가벼운 습관이 미래에 어떤 나비효과를 가져올지

폰을 열어 보듯 오늘의 파장이 자연스럽게 공명하며
미래를 구체화하며 끌어당기고 있다.

허상을 좇아가는 눈

위성에 부딪쳐 반사된 빛이 우주를 날아와
환상 속의 비익조가 그려 내는 그림처럼 별을 만들어
지금 나의 모습은
끝없이 날아가는 우주 속으로 출발을 시작한 지 오래야

땅 별은 기운 만큼의 회전수를 더하며 태양계를 돌고 있는데
한계에 달하면 무거운 쪽을 털어 내며 자세를 바로 할 거야
호사가들은 지금도 말하지
마음을 바로 하라고 지축을 바로 세우는 날이 올 것이라고
원인의 결과가 생각하는 모습으로 나타나지 않아도
틀에서 벗어난 모습도 반복되면 그저 그러려니

생각의 틀을 만들지 마
빛의 속도를 극복하지 못하는 과학으로 과거의 우주를 보
고 있고
진실은 흘러간 역사에서 찾아야 해
우주는 현재를 왜곡할 뿐이고
땅 별에서 살아가는 가까운 시간만이 현실이지
바다로 모여드는 물처럼 자연스럽게
한순간의 공명으로 소멸할지 모르는 별은

지금도 어디선가 생성과 소멸로 변화하는데
시차의 비밀을 풀어낼 수 있다면
태양계를 초월하여 사차원으로 나아가겠지

회귀

움켜쥔 손을 펴는 데 수십 년이나 걸렸다.
손을 펴자 많은 욕심들이 떨어지고
손바닥마저도 뒤집어 자유로워야 한다.

버려야만 구속이 없고
그리하여 자유로운 아이들은 태어나고
무작정 열심히 흘러온 시간들이 물처럼 모였다가
흘려보내야 하는 시간

빛을 쫓아 다리에 힘을 기를 때에도 조언은 없어
모든 것이 객관적인 관점이 될 때까지
편견을 지우려 여러 곳을 둘러보았고
구체화되고 형상을 이루어도 발이 옮겨 가는 곳은 산봉우리
석상이 되지 않기 위해 발을 놀리며
식탐에 미식을 더하여 비만한 나날들
몸매에 외면당하고 초라한 계급장에 버림받아도
놓지 못했던 돌덩어리는 가슴을 누르고
중심으로 나아가자고 한 발씩 내딛다가

어느 날 문득 무겁다는 화두가 찾아와

버려야 얻게 되는 가벼움으로 날자
갈 수 있는 곳까지 걸어서 산을 넘고 넘어
처음을 찾을 때까지

연두의 꿈

겨울은 굴속에서 지냈다.

책들이 어둠 속에서 타올라 잉걸불로 여물기를 염원하며

고통으로 남겨진 빛바랜 기억들은 바람이 부는 곳으로 던져 버리고

유리잔은 씻어 놓고

손가락을 접었다 펴기를 반복하며

준비한 불꽃이 모여드는 곳으로 당나귀 귀를 열고

시선 속 초상肖像을 동경하며

날마다 귀를 당겨

존재하고 있는 다중의 미래에서

내가 당겨 온 꿈이 현실화되는 상상을 하며

간절한 칩거는 초록이 기회를 엿볼 때까지

날마다 색을 입혀서

벌거벗고 잠든 겨울이 깨어나는 봄을 희망하며

염원과 무관한 생존을 반복하며

자유로운 꽃이 필 때까지

문 한 번 열지 않고

글자를 되새김하며 뿌리를 키웠다.

황금 잉어를 꿈꾸며

작년 여름에 구워 낸 붕어 속을 펼쳐 보면
어제처럼 적당히 구워져 있어
날마다 찍어 내는 공정으로 차곡차곡 쌓고
물가에 놓아주면 살아 있는 현실이 되지

그 맛과 향기는 적당한 노출에 따라 미미하게 바뀌어
같은 불길에도 조금씩 다르게 숙성되는데
완성으로 흐르는 빵틀 공정의 반복에
붉게 물이 든 저녁 무렵에도
변하지 않는 틀에서 가치의 완성을 꿈꾸며
지느러미를 흔들며 진화를 시도하고
그렇게 연구한 공정으로 불꽃 위에 노출하면
타거나 바싹 구워지거나 쭈글쭈글한 날도 있지만
은근하게 숙성한 맛도 조금씩 변해 가고
굽기의 과정에 정성을 쏟아서
숫돌에 칼날을 세우는 공정을 추가하면
노릇노릇 구워진 황금 잉어가 세찬 물살을 헤치며 나아가
지 않을까

달의 마음

무슨 이유인가요.
성난 자학의 몸짓으로 제 몸을 부딪쳐
바위를 때려 놓고 스스로 허물어져
울지 않겠다고
잃어버린 음률로 박자를 맞추어도

바람 소리에 숨어서 우는 울음
돌 틈에 적셔 놓은 눈물은 마를 날이 없는데
밀치는 당신에게 가까워지려고
사정없이 부딪치며
떠밀었다는 핑계로 속내를 감추며 바람이 부는 날을 기다려

오늘도 곁을 맴돌며
부딪치며 부서져도
다시 다가서는 내심內心

이끌림이 만들어 낸 일상에
언제나 순결한 얼굴로 주위를 맴돌며
울어 예는 모습에
성숙과 몰락을 반복하며

시공을 달려와 전해 오는 이 간절함

그런데 말입니다.
바다는 무슨 잘못이 있나요.

불을 밝히고

틀에 갇힌 늑대의 울음소리가 들려서는 안 된다.
나그네가 쉬어 가는 쉼터가 되어야 한다.

목적지를 설정하자 상념이 생겨나고
그러다가 되돌아보는 몸짓으로
노승이 던져 주는 화두들 받아 든 학승처럼
결국은 제자리에 똬리를 틀고 석상이 되어
귀를 쫑긋 세워 울음소리를 탐구하고
익숙한 느낌을 음미해 보는 연구가의 마음으로
영양을 가감하며 맛을 찾아가는 시도는 몇 번이었는지
그 결과를 나누는 마음으로
모양은 보잘것없어도 식탁에 올려야 한다.

그렇게 내놓은 식탁 위에 젓가락은 한 매뿐일지라도
자세를 바로 하고 다시 새로운 맛을 추구하며
하나의 맛을 구하는 것이 아니라
씹을수록 다른 향을 풍기는 오미자같이
변화에 적응하는 카멜레온의 본성으로
시간의 차이에서 깨닫는 여러 개의 느낌표를 나열하여

>

짙은 향기로 채워서 코발트빛으로 숨겨 놓고
길을 잃었을 때 돌아볼 수 있는 지도를 놓아두고
촛불을 아련하게 밝혀야 한다.

농부의 행복

달의 변화가 반복될 때마다 콘크리트의 반목은 깊어져서
틈으로 바람과 물이 가져다준 희망이 생겼지

글자가 가슴에 닿지 않았던 새싹이던 시절에
가방을 지고 습관적으로 왕복하는 날들
가방끈의 한계는 생겨나고
발끝은 땅 아래로 향하고 있어

지식의 가치를 몰랐던 그때는 경험하는 것이면 족했고
가방을 새로 장만해야겠다는 늦은 꿈이 생겼을 때
낚싯대로 글자를 건져 올려도
나아가는 발에 걸리는 무성한 잡초와 병장 계급장

진군하지 못하는 조각배는 시류에 휩쓸려 흐르다가
굽이마다 부딪쳐 망가지고 낡아서
먼 길을 돌아 떠밀려 흐르다가
세파에 혈기는 희석되고 땀방울로 젖어서
물로 섞이면 자연스럽게 흐르는 것을 깨달아
허물어진 집은 새롭게 지어야 한다는 것도 맞지만
이미 놓여 있는 돌담 따라 꽃이라도 피우고 싶어

>
묻어 둔 타임캡슐을 열어서 싹을 틔우기로 했어
농부의 처음은 서툴고 작물은 초라했지만
탄생이 가져다준 작은 즐거움에
꽃으로 가득 채워진 모습을 상상하며
미래는 의지대로 모습이 옮겨 갈 것이라 믿고 있어

밤의 유령

어쩌자고 의자에 앉으면 밤이 쏟아져 흥건한가.
빗장이 열린 낮에도 밤이 되어 버리는 마법에 걸려
방향을 잃게 만드는가.

용의 얼굴을 하고 밤과 함께했던 꿈에서 습관적으로 벗어
난 새벽
가부좌를 틀고 들숨과 날숨으로 생각을 집중하면
다시 밤을 만나는 주술이 발동되고
비몽사몽의 지경에 이르러

오호통재라 그것이 관문이라면 좋으련만
무엇이 잘못된 것인지
쳇바퀴의 변화를 시도해 보지만
벗어나야 하는 밤은 너무도 연약한데 질겨서
물 위로 떠오른 장구애비를 보고 있는 것일까

선경을 찾기 위해 호흡에 집중하고 나아가면
전에 없던 "공사 중" 팻말이 세워지고 길은 없어져
무거워진 머리를 처박고 밤을 만나서 결국은 허송하고
어두운 밤이 내려와

잠자리 날개를 입고 밤으로 향했는데

어느새 머릿속에 장구애비가 뜨고 밤은 달음질쳐 저만치
가 버리고

뒤집개는 쉬지 않고 몸을 뒤집고

하루의 불꽃은 아직도 타고 있어

심지는 없는데 아직도 하루는 꺼지지 않는 것인가.

찾아가면 숨고

숨으면 찾아오는 밤

결국은 용의 얼굴로 구슬을 물고

밤 속으로 깊이 잠수해 들어가는 슬픔을 아는가.

제2부 모래톱

빈방

빗물은 밤을 적셔 놓고
새벽안개에 유리창이 슬퍼지면
동살이 찾아와 나뭇잎 위에 보석으로 다듬어 놓고
촉촉하게 젖은 땅에 발자국을 지운다.

추스르고 떠나간 방에 문을 열어 놓고
흘려 놓은 흔적을 치워서 말끔해진 방
돋을볕이 차지하기 전에 문을 닫았다.

네가 있을 것 같아서 문을 열면
가지런한 책장
여행을 떠난 것인지
잠시 머물렀던 것인지
체취는 지워져도 흔적은 그대로인데
책상 위에 꽃 한 송이 꽂아 두고
방은 비워 놓았다.

인연의 끈이 남겨진 사진이 걸려 있는
적요한 공간에 네가 있는 듯 안개가 자옥하다.

모래톱

언제나처럼 화면을 보다가 쳐다본 문 입구에
한 가지 생각으로 매장을 들어서는 노인을 보았다.
짧은 거리를 걸어오는 모습은 달팽이가 이동하는 모습처
럼 조심스러워서
수십 년을 걸어온 시간만큼 먼데
지나쳐 오던 젊음이 문을 밀치고 들어서는 순간
문의 안과 밖은 시공時空의 벽이 되었고
영겁 시간 중에 찰나의 인연이 스쳐 가는 것을 보았다.

인지하는 순간에 시공에서 활동하는 물리학처럼
가만히 있어도 돌아와 교차하며 낮과 밤을 움직이는
작은 변화의 차이가 얼마나 반복되었는지
생각으로 충분히 가두는 시간
공간을 밀어내며 젊은이는 벌써 되돌아가고
일을 끝낸 노인이 삼륜차에 착석하는 모습을 한참을 바라
보았다.

변함없이 맞이하는 일상에 인연의 흔적은
무심하게 모였다 흩어지겠지만
오늘도 인기척에 이끌려 쳐다보는 입구에서

엄마의 손을 끌고 들어서는 운명적 인연을 바라보며
점점 빨리지는 하루의 무심한 느낌을 숙달하며
조용한 날에는 입구를 쳐다보는 시간이 점점 많아지고
파도에 조금씩 밀려가고 밀려오는 모래톱처럼
자연스러운 인연을 생각했다.

어머니의 초상

묵언의 공간에서 손바닥을 마주하며 그리는 화폭은
숭고함이 만들어 낸 미풍美風이다.

호롱불은 꿈을 보듬으며 피어나
간절한 열 개의 손가락이 향하는 곳에
정화수와 장독대가 어우러진 동양화를 그려서
함께 자라는 꿈은 정성으로 단단해져서
꽃이 될 때까지 깊은 밤의 풍경이 되어

달이 차고 기우는 시간만큼
커지는 필관이 비틀거리며 화폭 밖으로 삐져 나가면
중심이 된 따스한 손은 흔들리는 그림을 화선지 위로 주
워 담고

반복된 두들김으로 달팽이관 속에 가두어
비틀린 체형을 교정하고
어둠 속에도 흔들리지 않는 걸음으로
길을 벗어나면 경종 소리 울리며 색을 입혀

그윽한 향기는 관觀을 세워서

염원은 품을 떠나 강으로 흘러

향기를 담아서 방꾼*이 집을 찾아오던 날

별을 키워 낸 화폭 속의 인물을 보이지 않았다.

---

* 방꾼: 조선 시대에 초시初試 이상의 과거에 합격한 사람의 집에 소식
을 전하던 사령使令을 이르던 말.

편시

유품을 정리하다가
서랍 속에서 겨울잠을 자는 비둘기가 시공을 관통하며 깨어나
빛바랜 기억을 호출하고
낡은 지명과 젊은 군인이 되살아나
펼쳐 놓은 지도에 아련하던 파도는 거세게 몰아치고
기억에도 없는 빼곡한 사연은 이슬이 되어
글자 위에 섬을 그리더니
꼬리 긴 지명들은 경계가 모호하게 점점이 영역을 넓혀

뚝뚝 떨어진 순지한 용이 여백을 메워
점점이 넓어진 섬들은 바다를 떠돌아서
한참 동안 회상에 잠겼다가
꾸러미 속에 조용히 잠을 재우고
남겨진 조각들은 모아서
마지막으로 불사르면
연기는 자꾸만 옷깃 사이로 스며든다.

말의 간극

불은 가까울수록 따스한데 위험해서
거리를 조절하지 못하면 치명적인 상처를 입어서
화합하면 뜨겁게 상승하고
나누어져 꽃으로 존재할 때
이어진 줄 따라 축복의 풍경이 되어
통제를 벗어나면 날카로운 칼보다 무서워져

호응하면 분위기는 상승하고
가두고 통제 가능할 때에만 화합하고
불꽃이 생기면 절대적 안전 거리를 확보해야 하는
대화의 표적이 되지 않도록 감지기를 달아서 조심해야 하고

능숙하게 휘두르는 말의 씨는 조심스럽고 따스하게
가까울수록 심장에 가두어야 불은
따스하게 표현하면 사랑이 되고
날카롭게 휘두르면 칼이 되고 불씨도 되는

감정으로 쏘아 낸 불은 소리 없이 사라지고
가까울수록 위험한 불이 꽃으로 순화되어
훈훈한 사랑으로 피어나기를

같이 갑시다

걸음에 아무 의미를 두지 않았다
목적지를 향해 나만의 보폭으로 나아갈 뿐
따라오던 친구가 외쳤다.
이내 걸음을 의식하기 시작했고
그제야 속도에 의미를 두기 시작했다.

의식과 의식 사이에 공간은 점차 좁혀져
혼자 가는 것을 내버려 두지 않겠다는 듯이
슬그머니 넝쿨이 감아 왔다.

돌아보면 안개 자욱했던 길
바람조차 의식하지 않고
줄을 타는 그림자에 드리우고 있는 외로운 형색은
얼마나 오래였었나.

한 가지 생각에 무심하게 부딪쳐 상처 난 꽃과 부러진 가지
외길에 갇혀 있는 시간들이 말 한마디에
안개는 걷히고 뚜렷하게 보였다.

동행이란 같은 길을 가는 것이 아니라

아주 평범한 길조차 손잡고 나아가는 산책 길같이
어둠 속에도 잡은 손에 전해 오는
떨림을 공유하는 낭만적인 여행이란 것을

건네는 말에 깨어나서
멈추어 있던 시간이 한참이나 길어 보였다.

온유한 향기

태양의 시침으로 옹알이하는 열병에
기포가 터지는 날이 며칠이던가.
붉은 눈을 깜박이며 천 근의 무게에 여윈 어깨가 무거워
눈총을 쏘아 보내면 달려와 원탁에 앉았다.

한 잔의 술이 아니어도 눈빛을 맞추면 날개가 생겨나
무거운 시간을 마주 잡아서 근심을 태우고
따스한 미소는 잉걸불이 되었다가
때로는 눈꽃이 되어 차가운 이성을 깨워서
과열된 심장을 식혀 주는 따스한 한마디에
오늘은 숙면의 밤을 보낼 것 같아

눈밭 위에서 마냥 즐거운 강아지 되어 혼자 뛰어가면
욕심은 책망하면서도
언제나 그림자의 반경 속에서 있는 듯 없는 듯 머물러
오래 묵을수록 향기를 품은 된장 같은

한 잔의 술을 비우지 않아도 쳐다보면 취하게 되는
가슴에 술을 부어 놓고 마음껏 섞여 보자
순리에 따라 흐르는 물같이

어쩌다가 둘러앉은 원탁에 자리는 비어서
맞물렸던 톱날이 빠져나간 흔적에 바람이 스며들고

불면을 치유해 주던 톱날들이 소중한 오늘
떠나보낸 시간이 길어질수록
굽어진 생각을 바로 세우는 온유한 향기가 그립다.

톱니바퀴

톱날이 빠져나간 자리에 쉼표가 찾아와도
목줄에 매달려 제자리만 맴돌며
자리를 지켜야 하는 의무가 있는 것일까.

평화가 찾아와도 기포들이 물 위에 떠올라
전쟁은 없고 비둘기는 쉬고
백기는 흔들리며 다툼이 빠져나간 틈바구니에
끼어 있는 침묵은 무엇인가.

습관 같은 일은 곱절로 늘어나고
하루는 멈추지 않고 돌아
걱정스러운 것들은 이미 지나쳐 잊히고
바쁜 일과에도 하루를 반나절처럼 보내고

톱날이 돌아와 자리를 메우면
한편은 편안해지고 해방을 만끽하는 시간의 자유가 찾아와
다시 돌아온 일상에 나만의 시간도 있고
내려놓지 못한 목소리가 허공을 채우는 다툼도 있지만
그것은 톱날의 공간에서만 성립하는 방정식

>
대부분의 시간을 공유하는 풍경에
긍정과 부정이 교차하는 삼자의 눈길에도
자유스럽고 익숙한 오른손과 왼손의 습관에 길들여져
가벼운 투정에 공감과 위안이 교감하는 규칙으로 신호등
을 점등하는
계획된 일상 속에서 안전 거리를 벗어나면
왠지 노란불이 깜박일 것 같은
자유와 구속이 아귀를 맞추어 힘차게 굴러가는

화火

식탁에서 얼굴을 붉히며 삽질을 하고 출근 날은
화상에 대비하기 위하여 불조심 리본을 달아야 한다.
저기압을 감지하는 공간에 폭우가 쏟아질 듯
지역을 넓히며 전염되지 않도록
거울 앞에서 해맑게 다스려

비말이 날아올 때는 해바라기를 펼쳐서 충격을 흡수하고
마스크로 화상에 대비하여도
어느새 공간을 휘감아 도는 파동에 가까운 곳부터 불길
이 치솟아
벽을 세우면 운동을 멈추고 저기압으로 머물다가
눈동자가 부딪치면 공간을 휘감아
공간에 칼이 무겁게 날아다니는

붉어진 가슴으로 하루를 견디어도
반복해서 부딪치는 불꽃에 화상을 입는 날은
밤이라는 쉼표로 차갑게 식혀서
시간의 윤회 속에 묵은 파동은 잠재우고

하루를 출발하는 식탁에는 미소를 장식하고

밝은 미소를 나누어 긍정을 가슴에 품고
꽃으로 치장하고 긍정을 끌어당겨서
모닥불을 피울까.

고유의 노래

여명을 밝히면 초침은 틀 속에서 변함없이 달려가고
밋밋한 일상에 며칠이 지나면
그날은 무슨 옷을 입었는지 무심히 비탈길을 구르는 바
퀴 같아서
어제와 같은 호흡으로 하루를 맞이하고
지금이 지난 후에 만날 수 있는 미래는
과거와 현재가 당겨 오는 결과물인데

물음과 대답은 상호작용으로 활동을 시작해도
구천팔백 원 상품에 만 원 주고 가는 아저씨와
천백 원 상품에 천 원을 던져 놓고 가는 할머니

간곡한 당부에도 지우개로 지워 버리고
상품을 손상시켜서 나타난 상습 반품 고객을 내칠 수 없어
혼잣말로 넋두리하는
그렇게 간단한 대화에도 상호 받아들이는 작용은 달라

땅 별의 그림자가 어둠 속으로 숨을 시간
소나기를 맞이하는 동작보다 빠른 움직임으로
목에 족쇄를 풀어서 문을 걸어 놓고

날개를 펼쳐서 자유를 찾아가는 면상을 가로막는 말
"벌써 가세요?"
인사가 참 고맙군요.
"당신은 교대 근무지만 난 아니라오."
'에고가 혼자 중얼거리는 말'

하루의 기운을 잠재우는 쉼표
순탄한 듯 평탄한 듯
저마다의 색깔로 높이를 달리하는 노래

관상가의 경지

노란색 등이 깜박이는 낡은 바퀴가 굴러오면
눈빛을 마주하고 통속적인 인사를 습관적으로 건네면
물음표와 대답이 퉁명스럽게 마주쳐

갑이 잠시 잊어버린 문제를 기억하기 위하여 단어를 나
열하면
을은 단답형 연상으로 답안을 나열하고
오답에 빨간 줄을 그어 가며 설명서에 꼬리를 달아
압축식 풀어낸 답안을 달아 주면
정답은 설명의 차이에서 발생한 문제일 뿐

갑과 을의 거리는 가까워져도
괴리는 존재하고 소비한 시간의 가치가
금고를 여닫는 무게에 비례하지 않고
문답의 설명 차이는 시간의 활용 효율과 반비례하는

표정마다 등급이 있어서
지폐의 부피를 능숙하게 읽어 내고 억양의 높낮이는 달
라져서
무거운 바구니는 상냥스럽고

빈손의 등 뒤에는 과녁을 세우고 눈총을 쏘는 감정으로
행동과 표정으로 가치를 가늠케 하는
관상가의 경지에 이를 때가 되어
갑의 가치를 평가하고 응대하면서도
때로는 갑으로 도마 위에 놓여서
관상가의 생각을 무시한다.

개구리의 위안

쥐고 있던 목줄을 풀어 주며 고요를 깨우면
놀라서 펄떡 뛰어오르다 바가지에 올라타
퍼낸 물에 담겨서 우물에서 쫓겨난 꼬리 달린 개구리
꼬리를 끊고 시장 거리에 납작 엎드려
소리를 삼키며 울다가 거칠고 억센 분위기에 얼어붙은 몸

이곳은 온실이 아니다.
쓸쓸한 백조의 꼬락서니를 되새기며
작업복에 운동화로 바꾸어 신고
목청을 가다듬어 외치는 소리는 어느새 숙달되어
구수한 장단으로 자연스럽게 어우러져

풍화작용으로 다듬어 놓은 시장 속으로 녹아들어
능청스러운 노랫가락으로 허물이 없이 어울려도
그리운 우물을 그리다 찢어진 물갈퀴는
염통에서 뿜어낸 힘에 촉촉한데

걸음을 멈추게 하는 눈높이를 맞춘 노래에
흥정의 춤사위에 분위기가 무르익는 시장에서
서리 내린 지붕과 울은 단단해졌는데

긴 그림자를 드리운 그늘 속에
작아진 마래가 행복한 것은 무슨 까닭일까.

거세게 몰아치는 태풍에 우물은 정년이면 넘쳐
나이테가 없어진 현실에 붉게 물든 노을이 평화롭다.

수상 가옥 학교

흘린 땀과 눈물과 한숨을 가두어 놓은 호수
파도는 씻김굿으로 밀려와 바다처럼 소리치며 모여들고
집시가 흔들리며 떠 있는 호수

혼탁한 육지에 갇혀서
바다로 가고 싶다고 땅을 후비며 바다의 모습을 닮아도
물가에서 맴돌고
애벌이 손은 어깨를 토닥이며 내려앉아
검정을 적셔 놓고 주머니를 내밀며
사슬에 매여 있는 배

몇 겹이 겹쳐진 주마등이 켜지고
보릿고개와 닮아 있는 상처를 어떻게 보아야 하나
손수건이 젖어 와 고개를 숙이네.

그래도 기회의 배가 있어 다행이다.
책을 펼쳐 미지의 길을 찾아
육지에 오를 때까지 한 줄은 지식을 더하라

지상으로 가는 길에 보이면
돌아보지 말고 가라.

단초端初

악어새의 칼은 날카로웠다.

한쪽으로만 자라는 숲에는 악어가 살고
빛을 독식해도 자꾸 배고픈 악어새는 성이 차지 않아
악어를 부추기면 커다란 입을 감언으로 벌려 놓아
낮은 곳으로 흐르는 물줄기도 가늘어지고 황폐해지는데
비는 내리지 않아
메마른 땅에서 푸른 상처가 생겨나고 곪았다.

시작은 그러했다.
풀숲은 볕이 들지 않아
자꾸만 작아지는 텃밭은 쓸쓸하게 뒹구는데
숲은 곁을 주지 않아 섬으로 남았고
응달에서 조용히 깃발을 세워 일조권을 외쳐도
꼬리를 흔들어 나무는 부러지고 잡초는 숨을 죽여
악어새는 벽을 높이 쌓아서 귀를 막아도
벽을 넘어가는 덩굴
자리를 탐하는 악어새는 분열을 부추겨
고립을 허무는 작은 틈이 자라기 시작했다.

지느러미

어쩌자고 아픈 춤을 추며
칼은 심장을 향해도 머리와 꼬리는 남겨 두는 것일까.

도마 위에서 춤추는 능숙한 몸짓으로 벌거벗은 살점
미식가의 평가를 기다리는 듯이
반듯하게 누워 있는 우아한 자태를 위하여
꼬리와 머리를 보존하는 것인가.

퍼렇게 살아 있는 눈동자는 표정을 숨겼는데
온갖 영양분을 머금어 나아갈 힘을 숨긴 먹을 것 없는 꼬리는
마지막을 퍼덕이며 눈길을 모아

태초에는 꼬리가 아니라
힘차게 흔들며 앞으로 나아가는 화려한 날개였는데
앞으로 나서지 않는 보이지 않는 묵묵함으로
불만하지 않아서
마지막 기운을 미련하게 표현하는 것일까.

요리가 상 위에 오를 때
화려한 상어가 아니라서

재빠른 손놀림으로 비늘을 벗겨 내고 난도질에도 남겨져
마지막을 표현해야 하는 꼬리를 흔들며
바람을 벗어난 것을 안도할까.

거룩한 배

혼자 노를 저어 바다를 건너기에는
외롭고 쓸쓸하여
항해를 준비하는 동안에 동반자를 만나
두 개의 바퀴가 서로에 의지하여 나아가면
육지에서는 비틀거리지 않고
바다에서도 균형을 맞추어 힘차게 나아가는 원동력이 되는

한 쌍이기에 흔들리지 않고
한 쌍이기에 힘차고
한 쌍이기에 위안하며 다정한

시공 너머 같은 곳을 바라보며
어디든 나아갈 수 있는 한 쌍으로 태어나려 합니다.

모래와 시멘트처럼 서로를 결속하여
비바람 속에도 단단한 울타리를 만들어
산소 가득한 풍요로운 숲을 이루어
맑은 생명의 빛이 탄생하는

거센 풍랑 몰아쳐 흔들리는 조각배 위에서도

잡은 손은 온유하여
마음으로 펼쳐 든 우산은 당신이 중심입니다.

하나가 되어 건너는 부두에서
쪽빛의 갈채를 받으며
한 쌍이 된 두 사람이 함께하는

담을 넘어서

갈라진 틈으로 싹이 피었는가.
푸른 깃대에 뜨거운 꽃

굼벵이 걸음으로 젖어 들기 시작할 때
순백의 물결 위에
점점이 떨어진 방울이 희석되며 섞일 때
철옹의 벽에 가두어 민초의 길은 지워져도

벽에 귀가 있어
담쟁이 벽을 올라 외치는 "임금님 귀는 당나귀 귀" 소리
가 들려
가만히 들어 보면 민초가 바람에 흔들리는 소리

깃발로 모순의 바람을 막아서
흔들리다가 펄럭이다가
휘청 휘는 깃대의 전율처럼 비가 내리는가.
젖은 머릿결 타고 떨어지는 빗물에 속옷마저 젖어서
가슴을 열어 말리고 싶은 바람으로 깃발을 흔들어

홀씨는 벽을 넘어서

저것은 흙이다 말하며 씨를 뿌리고
스며 있는 한 방울의 물에서 희망을 엿보며
빛이 없는 어둠에도 바람은 분다.

우물 속 시간

외출 외박이 금지되었다
벙어리가 되어 버린 바보상자는 호박씨를 까고
제비는 날지 않았다.

튼튼한 벽이 세워졌다.
밖에서 날아드는 포탄 소리조차 숨을 죽여
우물에서 보는 하늘은 맑고 청명하게만 보여
어디엔가 천둥 번개에 폭우가 쏟아지는데 알아차릴 수 없
었다.
그렇게 닫힌 호는 열리지 않았다.

비바람이 몰아칠수록 호는 굳건해졌고
세상 날씨를 모르는 우물 속 병정은
두 눈 부릅뜨고 북쪽의 변화만 주시했다.

기다리는 문이 열리고
몇 개월 만에 쏟아져 내린 빛에 하늘색이 바뀌어도
외박 나온 개구리는 시류를 읽을 시간도 없이 하루해를 아
꼈지만
벌써 우물 속으로 들어갈 시간이 왔고

변함없이 호에서 북쪽만 응시한 나날

우물 속에 있었을 뿐인데
낯선 기장을 가슴에 달아 주는 바뀐 하늘을 보며
묵언의 눈동자를 반짝이며 우물 속에서 걸어 나왔다.

공존의 규칙

팔지도 않는 방패를 구하러 다녔다.
두려움이 가득한 얼굴로 전쟁터를 떠돌았다.

무기와 방패도 없이 전쟁터로 나갈 수가 없어
발을 동동 구르다가 어렵게 구한 하루살이에 의지하며
하루를 살다가 총알의 스쳐 간 그림자에 화들짝 놀라
쑥과 마늘로 준비하고 굴속으로 들어가
스스로를 속박하는 것에서 깨달음을 구했듯이
늑대의 울음소리는 잦아들고 달이 차오르는 것을 기다려

조심스럽게 고이 간직한 가면으로 예의를 갖추고
이마에 겨누어 외계의 세뇌를 확인한 후에야 관문을 통
과하면
야만의 눈동자를 경계하며
생존을 이어 가는 양들의 무리 속에 섞여서
미래를 비축하며 하루를 살아

잃어버린 것만 생각하는 무리들은
한 톨의 씨앗이 빵이 되는 기다림이 참을 수 없다며
자유를 외쳐서 비틀거리는 깃발

영유를 위한 인고의 시간보다

서늘한 입술에 차가운 목소리는 부메랑 되어

타인의 자유를 담보로 손가락의 표적이 되어도 귀를 막아

깃발을 믿고 따라나선 길

거리를 두자 했다

쓸쓸한 독백처럼 혼자 떠들고

울리는 메아리를 엿듣는 규칙을 지키는 쓸쓸한 오찬

생명체는 진화하며 모든 것이 속박해도

공존의 규칙은 따라가면

헤어날 수 없는 것으로 가득한 땅 별에 빚은 돌아와 자유
로워지리라

바보상자 거울

표정을 복기하다가 말투가 딱딱한 것을 알아차려도
돌아오는 화살의 나비효과는 벌써 시작되었는데
화살을 조영해 보면
번데기 속에 갇혀 있던 칼이 용수철처럼 튀어나와
허물을 벗으며 찢어진 껍질은 봉합되지 않은 채 뒹굴고

가벼운 말은 항상 가까운 곳으로 휘두르는 버릇에
앙금이 쌓이고 경화되는데
시간은 벽을 허물기도 하지만 건널 수 없는 강물이 되기
도 하는
사소한 것이 누적되고 침하하여 깊이를 만드는
현실적 관계로 그려서
공감을 구하거나 대리 만족으로 색깔을 포장하지

하지만 극단적 장면은 과장이라 위안하고
때로 이런 관계도 있나 의심해 보지만
믿지 않을 수도 없는 미묘한 인간사가 꾸려지는 전개 과
정을 보며
객관적인 화면에서 깨닫게 되는 쟁점과 어긋난 대화의 시
발이

파도가 되어 내일이 어떻게 몰아칠지 궁금해지는
막장으로 치달아서 권선징악과 행복한 결말 중에서 대답
을 찾는
바보상자의 세상사를 교훈 삼아서
욕심을 내려놓을 수 있다면

아름다운 사람들만 사는 세상이 되지 않을까

가문의 영광

처음 생겨날 때 모습이 상상되지 않았지요.
뭉툭한 메스가 지나간 후에 복색에 윤곽이 살아나는군요.
생명의 크기와 반응의 무게는 아직 틀 속에서 벗어나지 못하는
이차원 운명이지만
이왕이면 명망 있는 가문에서 태어나는 것을 소원하지만
선택에 자유가 있기는 한가요.

천년의 손길에 혼백이 살아나고 오묘한 표정을 담아서
극極의 반대편에 있을 짝을 만나야지요.
화장을 하고 백지의 신부에게 키스를 하면
거울 속에서 내가 아닌 진실한 나를 만날 수 있지요.
그렇게 혼인 도장을 꽝 찍기 전까지는 나는 아직 자라는 중이지요.
탄생의 순간이 다가오면
수술대 위에서 긴장한 손길로 족보를 새겨
연지를 바르고 입맞춤을 하면
순백의 설원 위에서 성혼이 성립되지요.

그런데 짝은 한 번만 보여 주고 싶어요.

그것이 가치를 증명하는 유일한 방법이라면
일부일처제로 가문의 명예를 지켜야 하니까요.

모나리자

대입법으로 몇 번이나 연구했는지
눈동자는 한참이나 멈추어
깊어진 눈매와 번뜩이는 혜안을 느끼며
도마 위에 올려놓고 해부하여도 뜬금없는 수염은 자라고
풀어 헤친 장기들을 다시 이어 주면
기억소자의 지각변동이 일어나

머리는 정말 많이 들었던 방언 같고
몸통은 근엄한 은사의 표정 같지만
알아차릴 수 없는 입꼬리에 자꾸만 눈길이 머물러
매듭마다 색을 입혀서 나열하면
안개에 가려진 용의 꼬리가 폭포처럼 떨어지고
계곡의 흐름에 마음을 맡기면
뒷산의 새소리와 짐승의 소리가 들려오는
이해할 수 없는 낯선 은유는 물음표를 지우며 웃음으로 돌
아와서
어렵게 퍼즐 조각을 하나씩 맞추어 나가면
모나리자의 마음을 알아차릴 수 있을까.

제3부 인간의 그늘

여름의 감정

바람이 시원하게 영글면
갑옷을 벗겨 내고
날개를 조심스럽게 닦고 어루만진다.

몸을 뒤척이며 별을 세던 날
폭염을 참아 내며 붉은 눈을 감겨 주며
자장가를 불러
몸을 뒤집으며 밤을 뒤척이면
온밤을 쉬지 않는 날갯짓으로 홀로 빛나던

이제는 너를 잠재우기 위하여
철갑을 벗겨 내고
촉촉한 손길로 깊숙한 곳을 더듬어
날갯짓으로 묻혀 놓은 앙금을 벗긴다.

수고하였구나.

끈적이는 속살을 만져 주던 몸짓에 단꿈을 꾸었는데
은밀한 속살을 씻어 내고 옷을 입혀서
캄캄한 침대 속으로 너를 보낸다.

무념無念의 칼

보이지 않는 칼이 부딪쳐 온다.
증명하지 않는 학문은 과학이 될 수 없는 시대에
전자파가 허공을 점령한 오늘
이해하지 않아도 현상이 반복되면 당연하게 받아들이는 사
회성이 자라나
사고思考하지 못하는 과학이 점령한 세상

인지할 수 없는 주파수는
허공을 떠돌아 부딪치고 머물고 튕겨 나가고 흘러
육신에 부딪혀 혹을 자라게 할지라도 증명되지 않았고
누구의 것인지 모를 이야기는 방을 휘감아 자유롭게 흐르고
손바닥 위에 올려놓고 삶을 영위하는 일상

정보를 허공중에 동기화하면
쏘아 보낸 무수한 사연들 중에서 내 것을 움켜쥐고
내 것이 아닌 것을 튕겨 내며
책이 스쳐 가고 신문이 부딪치듯 스쳐 가고
여러 해 전의 이야기도 오늘로 떠돌아
지나 버린 과거의 기록도 현재에 현재처럼 나타나고
미래로 보내기도 하지만 과거로 돌아갈 수 없는

아직은 완전하지 않는 사차원의 초입

파동과 파장이 육신에 교차하고 부딪치며
세포는 분열을 시작하고
해害는 뇌와 심장으로 서서히 스며들어
혼이 없는 무념無念의 칼은 허공을 점령했는데

조롱박 신세

처음에는 호흡하는 생명이었다.
숨이 멈추고 분리되었을 때
새로운 등급이 매겨지는 가치의 창조를 위한 재료가 되어
공정의 결과물은 상표가 되었다.

상표는 가치를 저울질하는 눈금일까.
거죽은 어설픈 판단의 대상일 뿐
장인의 손길에 등급이 결정되는 시간
외장外裝은 품격을 높이는 가치 수단이 되어
같은 등급에도 소유의 품위에 따라 급이 다른 듯 보여서
심장 소리를 듣는 귀빈석을 꿈꾸며 주인을 기다려

대수롭지 않은 습관이 품격을 결정하는데
심장에 가까울수록 대접받고 아래로 내려가면 천대를 받아서
외투가 없는 날은 엉덩이로 짓눌러서 샌드위치를 만들어 놓고
노동하는 날에는 땀에 얼룩진 방에 감금당하고
생리 욕구를 엿듣고 은밀한 향기를 맡아도
숨 한번 제대로 토하지 못하고 갈 곳이 없는 신세

속살을 끄집어낼 때

사진 붙은 꼬리표와 기분 좋게 꺼내는 신용카드를
지를 때는 힘차게 팔딱이고
가슴을 내밀며 용돈을 채워 달라고 징징 울던
찬란한 시절도 저물어 가는

전화기에게 안방을 내주고 셋방살이에 정체성을 잃어
밤낮없이 울리는 전자파에 잠을 설쳐도
신세를 한탄하기보다는
따스하게 전해 오는 체온에 만족할까.

스토커

목울대까지 끓어오른 격정을 거부한다.
얼마나 참아 냈는지
숨통까지 차오르는 뜨거운 구애에 벌컥 화를 내며
거부하며 호통을 토해 낸다.

어젯밤에 차 버린 이부자리에 숨어들어서
슬그머니 동침을 하더니
출근길에 그림자로 따라붙어
시간이 오래될수록 깊어지는 애정 행각에 어쩔 줄 몰라
진한 키스에 붉어진 얼굴로 시선들을 회피하며
혼자서 시름시름 옹알이를 하다가
곁을 주지 않아도 몸뚱이를 떡하니 차지하고
강력한 포옹에 애정 행각에 달아오른 숨을 쥐락펴락 불
을 질러서
참을 수 없어서 튀어 나오는 아우성

혼자로 돌아가겠다고 삼키는 민간요법은 무용하여
진한 애정 행각에 날이 밝을 때까지 잠을 재우지 않고
침잠하는 의식에 그렁그렁 숨을 토하며
부스스한 얼굴로 해결사에게 몸을 의탁하고

끼니마다 마시는 이별주에 취하여 잠드는 날이
하루 이틀 사흘

마침내 결별하고
혼자가 된 자유로움에 밝아 오는 아침
걸음은 가볍다.

일년생

생장을 물리고 존재하지 않는 과거로 돌릴 수는 없습니다.

헤쳐 가는 슬기로움이 있을 뿐

생의 치열한 진통이 시작되었습니다.

오직 타오르는 열정만 품어서

가까워지면 뜨겁다는 것은 알지만 멀리할 방법은 아직 발견되지 않았고

생산성은 적당한 절정에서만 가능한 창조의 원료

저항할 수 없다면 순응만이 답

뿌리 내린 곳에서 정제수를 끌어 올려 녹유를 결 따라 돌려도

사계절도 살지 못하는 생

가녀린 줄기에서 커져 가는 열망은 감당할 수 없어 아침부터 저녁까지 사모합니다.

그러다가 이부자리가 흥건하도록 태몽을 꾸고

바람결에 묻혀 온 눈물에 덜컥 새끼를 품었습니다.

보란 듯 무거워지는 몸을 주체할 수 없어

배를 내밀어도

숙연해지는 봉우리에 노란 날개는 당신을 닮아 있습니다.

그렇게 밀애는 계속되고

어느 늦은 여름날 몹쓸 건달이 허리를 잡고 흔들다가 언

덕을 넘어갈 때

　가녀린 척추로 지탱했건만 꺾이고 만 등뼈

　서늘한 회초리가 새벽을 깨우면

　곱사등을 하고도 짙은 절정으로 야물어서 미래를 도모하
는 생

　점점 멀어져 가는 임의 붉은 꼬리는 새로운 순응을 요구
하며 차갑게

　내려놓지 못한 미래가 단단하게 여물도록 마지막 녹유를
끝까지 끌어 올려

　마지막 화기에 단단하게 영글면

　쓸쓸하게 퇴장하는 주위로 싸늘한 기운을 풀어놓습니다.

유전자의 적응

땅 별에 번식하는 것들은
복제와 진화를 마다하지 않는 간사함이 있다.

어제도 오늘도 조금씩 미세하게 진화하며 이어져 온
번식의 수레를 펼쳐 보면
순응하고 적응하며 진화해 왔던 것들은
손을 비비고 눈치 빠르게 생존을 모색하거나
영장에 손을 빌려서 진화를 마다하지 않고
카멜레온처럼 변하며 번성해 가는데

멸종의 길을 가는 것들은 순리에 순응해도
갑자기 튀어나오는 재난의 재물이 되거나
절대자의 난폭한 칼날을 거부하고 고집만 붙들다가
결국은 번성을 꾀하지 못하고
변화의 희생양이 되어 개체 수는 줄어들고

움직이는 것들의 몸을 빌려서 생존하는 것들은
영유의 필요성을 깨닫도록 애완용이 되거나
먹이가 되는 것을 마다하지 않는 전략에
진화의 객체가 됨을 마다하지 않고

유행병이 오면 살 처분에도 순응하여 번성하는데

공존의 계상計上 법칙法則에는 유전자 적응이 종족 유지의
본질이다.

관심과 방임 사이

손길이 닿지 않는 으슥한 곳에 야생의 자궁이 있지 않을까

갑자기 들리는 슬픈 울음소리
발신지가 궁금하여 이리저리 둘러보다가
눈길이 간 매대 위에 안착한 나비 한 마리
주위를 둘러보아도 발자국의 흔적을 찾을 수 없는 섬

천사가 데려가리라
젖가슴을 꺼내지 못하고 일에 묻혀 있었더니
울음을 그치지 않아서 레이더를 켰더니
섬은 비어 있는데
귓전에서 구겨진 메아리
청진기를 이리저리 옮겨 보면
손길도 닿지 않는 으슥한 쥐구멍이 방관자로 돌려 세워
동동 발을 구르며 어미를 기다리는 나를 보며
문을 닫을 때까지 기억을 접어 두었더니
천사가 다녀간 모양이다.

그런데 다음 날 다시 들려오는 울음에
무허가 셋방을 찾았더니 천막 위에 자궁이 있어

앞은 철책 없는 낭떠러지
수차례 관심으로 퇴거를 유도하고
구멍은 단속할 밖에

해룡을 보러 가자

뒤척이는 밤은 얼마나 계속되었나

부서지는 자학이 지속되어도
토끼 눈을 부릅뜨고 지켜보아도
반사된 빛으로 별을 숨긴 곳에서는
심장 소리만 들렸다.

어두운 곳에서만 보인다는 진실을 찾아
인적 없는 무인도로 왔는데
등불을 비추어 보면 보이지 않는 모순을 깨달아서
모든 빛을 차단하면
감추었던 실체가 보여
빛을 놓아야 자연으로 스며든다는 것을 깨달아

어둠의 나라로 들어가
끊임없이 토해 내는 생동을 하염없이 바라보며
어디론가 달려가는 별똥별과
끊임없이 생동하는 너울을 바라보며
승천하고 싶은 해룡의 모습을 하염없이 바라보았다.

게

형체를 갖추지 못한 모습으로 갯벌에 묻혀 있는데
보고 싶다 조르는 햇살 앞에 구름 벽을 세우고
조개들 속에 숨어들어 심호흡을 하면
딱딱한 뼈로 공간을 빼앗지 마라 칭얼거려
운신의 폭이 없어서 비틀지도 못하고 웅크리고서
눈동자를 돌리면
어둠 속에는 정제되지 않아도 반짝이는 진주가 자리하고 있어
부끄러워 얼른 껍질을 들추고 뛰쳐나와
소라 껍질 속에 꼬리를 밀어 넣어도 자리는 없고
거부하는 완력에 준비 없이 내몰려
손을 흔드는 파도를 따라 열 개의 다리를 펼쳐 수평 위로 뛰
어올라도
앞으로 나아가지 못하여 바닷속으로 처박는 몸뚱이
가쁜 숨에 몰아쉬며 먼바다를 쳐다보면
파도는 바다의 소문을 가져와
아직 자라는 다리뼈에 살을 붙이고
준비되지 않은 얼굴에 급히 성형을 하고
뱃고동 소리로 세상의 문을 열고
바다로 떠나는 종이배에 몸을 의지해 볼까.

햇빛의 차별

두꺼운 가죽을 걸치고 가시지 않는 파리한 혈색에
칙칙한 모습으로 웅크리고 있는데
양지바른 가장귀에서 눈이 먼저 켜지는
생장의 차별을 목격한다.

하나의 뿌리에서 가지들이 나누어졌는데
관심의 등급으로 나누어 보면
조금씩 벌어지는 차별이 균열처럼 자라나
남쪽으로 향한 가장귀는 벌써 순이 돋아나는데
이것 또한 균등하지 않은 것 같아서

교실의 배치를 생각해 보듯이
관심은 위로 향해 힘차게 뻗어 나고 무관심에 아래로 고개
를 처박고
동쪽은 생동의 기운을 받고 서쪽은 가을의 기운을 받아
평등도 이와 같아서 생기가 넘쳐 성장하는 것은 위로 향하고
힘을 잃은 것은 아래로 처져 생기를 잃어 가는
그래도 관심의 그늘 아래에 생장을 포기하지 않는 잡초가
생겨나

>
뿌리는 하나인데
아침 햇살을 좋아하거나 노을을 좋아하는
저마다의 위치에서 저마다의 색깔로 성장하며
치우쳐 자라는 모습에
화분들을 이리저리 옮겨 놓았다.

눈의 생명력

흙으로 돌아가려고 한다.
깨어 있는 자여 선풍기를 틀자
소생의 바람을 불어 넣어서
꿈이 끝나지 않도록 바람을 불어서 날개를 달아라.

나뭇가지에서 내려앉아 소생의 꽃은 피고
선택받지 못한 외딴 곳은 쓸쓸한 무덤처럼 높아져
쌓여 있는 절망을 둘둘 말아서 구球를 만들어 생명을 불어
넣어 보자
정오의 햇살에 눈물이 되어 흐르기 전에

몸통을 먼저 굴리고
머리는 올려붙이고
침묵으로 소통하는 입술은 생략하고
구슬 두 개에 영혼을 불어넣고
막대기 두 개를 팔을 삼아
배꼽을 찍어 놓으면 심장이 뛰기 시작하는
툰드라의 세상이 지워지기 전에 축복을 즐겨라

죽어 있는 도로 위에는 지우개가 지나간다.

어차피 잊힐 것들은 눈총에 소멸되느니
지워야 할 것과 치워서 달릴 수 있는 길을 보존하고
살려야 할 것은 생명을 불어넣어 겨울을 지키게 하라

두 손으로 단단히 뭉쳐서 던져 보라
눈이 살아난다.

비둘기 중독

파동을 움켜쥘 수 없어서 표류하는 파장은 허공에 가득한데
애완견을 놓친 장소에서 기억을 더듬다가
이웃의 도움을 받아서 번호로 호출하면
익숙한 울음소리로 칭얼거릴까.

전깃줄로 소생술을 시전하면
판도라 상자가 열리고
세상을 향하여 깃발을 흔들며 나부끼고
숨소리는 정상으로 돌아와 멍멍 짖고

산적한 보고서들은 꼬리를 길게 늘어뜨리고
자동차들로 정체되어 있어
옷고름을 풀고 젖을 물려서 눈물을 닦고
꼭두각시놀음에 과제를 처리하다 보면
일상으로 돌아와

세상 사는 이야기를 꺼내 놓고
습관적으로 놀이에 빠져서 길을 잃어도
칭얼거리며 귀를 당기는 경쟁력을 갖추고
잠시 랜선 시장을 둘러보다가

세일 상품에 손가락을 지르고
게임을 하다가
인연이 찾으면 공손히 소명하고
여행을 떠날 때에는 독도법으로 길을 밝혀

모든 것은 하나로 통하는 손바닥 위에도 쉼표가 필요할 때
울지 않는 벙어리를 만들어도
습관적으로 번호를 물어 날라

전깃줄을 영원히 끊어 버리면
비둘기는 날아가고 자유로워질까.

무임승차

매의 눈이 지날 시간이다
슬그머니 일어나 화장실로 간다.
한 방울까지 남김없이 비우고 나오면
매의 시선이 눈금을 지나쳐 가고
여백이 있는 곳에 엉덩이를 걸친다.
주인이 나타나기 전까지

얼마나 많은 돈을 투자했었나
퍼즐의 규칙을 깨닫기까지
바늘은 어김없이 같은 방향을 찌를 때마다
반복된 습관의 깨달음에
통계를 내고 시간의 간격을 얼마나 연구했었나

어제의 그 시간에
계측기의 지시등처럼 화장실로 향하면
사정없이 비워 버리고
정차 역을 지날 때마다
새로운 탑승객의 표정을 살핀다.
내게로 눈길이 오지 않는지
그러다가 눈길이 마주치면 인사 한마디 건네고

여백을 찾아 나서는

마지막 정차 역을 지나면
눈치는 사라지고 안락함이 피어나는
반복 학습과 연구는 결과로 나타난다.

물의 정원

생명의 정화精華로 태어나 여기까지 흘러왔다.
청정의 아련한 기억이여
재잘거리는 시냇물의 정다운 추억이여
등급부터 다르다고 물 위에 놀던 소금쟁이와
천진한 송사리와 피라미 친구들은 그날의 기억 속에 있는데

낮은 곳을 찾아갈 때
바람은 집요하게 감정을 건드려도
울음을 삼키며 떠내려가지 않겠다고 서로 껴안은 갈대숲에
가물치는 개흙에 몸뚱이를 박아 버티고
둥지를 튼 물새도 꿈을 꾸는데
나는 여기까지 순종하며 흘러왔었나.

역동의 몸짓으로 긴 꼬리를 흔들며
풍광이 바뀔 때마다 몸을 불리며
시류에 맞는 옷을 입으려 노력해 왔던 성장의 과정에
지류를 모으며 변신을 시도해도 벗어나지 못한 길

이제는 순응하고 자연스럽게 머물러야 할 때
가슴을 활짝 열어 이끄는 데로 바다가 되어야 할 시간

순리에 의탁하고
떠내려왔던 흐름의 변화를 인정하며 하나의 의미가 되어서

낮에는 물속에 코를 박아서 용의 비늘을 번쩍이고
밤이면 유성의 삼매를 쫓아가며 열망하는 울음소리
승화의 꿈은 진행형이고 싶다.

자연스럽게

툰드라의 공습을 대비해야 하는 시간
바람이 톡 건드리자 기다렸다는 듯이 쓸쓸하게 힘을 뺀다.

순리는 무엇일까.
생존의 성쇠에 어쩔 수 없는 적응을 위하여
자라고 피어나고 황홀한 절정의 향기는 흩어지고
힘을 뺀 경색에 탈색되고 흔들다가 놓아 버리면
흩날리다가 흩어져 뒹구는
돌아가는 느낌은 쓸쓸하게 차갑게 허전하게 가볍게 세차
게 매몰차게
쌓여서 채우고 넘쳐 나고 흩어져 부서지고 돌아가는
그래서 더욱 조신하게 순응하는

섭리에 적응하며 생을 만끽하는 방법은
너그럽고 자유로운 흐름 속에 여유롭고 느긋하게
체험과 경험으로 쌓아 올린 방정식으로 진행하는
당연하게 보여도 반복 축적한 지혜로
작은 차이가 만들어 내는 생존 본능

계절이 밀려나고 밀려오는 것은

과한 것을 잘라 내고 부족한 부분을 더하여 균형을 맞추고
날마다 조금씩 준비하여
축포를 쏘아 올리듯 터뜨리는 꽃의 자태는 새로움을 향
한 실천

그러나 파괴된 환경을 정화하는 움직임은 조용히
사소하게 시작해서 돌고 돌아 치고받아서
씻김굿으로 잔인하게 부수어 파괴하여
넘어진 아픔을 경험하고 새롭게 채워서
과하면 무너뜨리며 균형을 맞추는
변화에 적응과 순응으로 존속하거나
거부하고 저항하다가 무너지고 나면
태양으로 자연스러워지는

공주를 위하여

옆구리에 새겨진 문신은 사망 일자일까.
풀어야 할 마법의 번호일까.
툰드라의 땅에서 희망을 연장하려 하지만
음각처럼 새겨진 굴레를 쓰고 태어나
마법의 껍질은 탈색되고 생체기가 생겨도 자정까지는 단
풍 물이 들지 않았고
배를 통통 두드리며
알맹이는 약속의 속물이라고 욕하지 마라
그대와의 약조는 내용물보다 철갑옷 때문에 오래간다고
방부제는 시간을 멈추는 수단일 뿐
철갑을 빌려서 생명이 연장을 꿈꾸는 것

일체화된 이름표를 가지고
혈관에 잔뜩 힘을 넣어서 발기한 순간을 보존하고 싶어서
흉물스럽게 찌그러져도 깨지지 않을 때 자존심은 살아 있
는 것

살균 처리한 무균을 무균질로 착각해도 열량은 살아 있고
단지 걱정해야 할 것은 속물을 취하며 받게 될
알파와 오메가의 열량이

똥배로 들어차서 뒤뚱거리는 오뚝이로 변신하지 않기를
기원해 볼 밖에

그런데 문신은 동화 속에는 권장 사항일 뿐
겨울 동화에는 툰드라 마법의 힘을 빌려서
사망 선고를 무시하며 늙어도 늙지 않은 청춘으로 잠이
든 공주는
침대를 열어 전설에서 깨워 줄 기사를 기다리고 있지

사생아

세월이 묻혀 놓은 점들을 지우러 간다.
군데군데 탈색되고 심화된 그놈을
무의식의 공간에 밀어 방치하고 살아 왔는데
각시의 손에 이끌려 취급 점포로 간다.

돋보기 터널을 지나고 페인트를 찍어 바를 때 화들짝 놀라
그렇게도 많았던 것인가
무심하게 지나치던 골목길에 낙서는 언제 그렇게 많아졌을까
닳도록 쳐다보아도 두 개뿐이던 것이 어느새 그렇게 많아졌
을까.
하얗게 도포한 채 대기하는 줄에 끼어서 뽀송한 꿈을 꾸다가
문득 깨어난 생각,
심사원의 평가는 객관적이었을까

얼굴 위로 벼락이 떨어진 후에 화재의 흔적으로 가득 차
치부에서 지워져야 하는 것들은 파도가 세척하는 모래톱처
럼 되기를 기다려
날짜를 총총히 밟고 달력을 넘기며
때를 지우는 마음으로 영양분을 차단하고 호적수를 붙이고
태양을 회피하여도 점박이는 끈질긴 생명력을 이어 가고

어느 순간부터 벽은 철옹성처럼 완고해서 전세는 호전되
지 않고

화단을 가꾸는 일상의 요식 절차가 습관으로 자리 잡아
겨울이 오면 전문점을 찾아야겠다.

외줄 광시곡

오늘은 목욕재계하고 속살을 살짝 내보이며
부끄러워도 당당하게 활짝 열었답니다.

따가운 시선만 보내지 말고
강열한 눈빛으로 촉촉이 젖은 저를 말려 주세요.
끈적끈적한 느낌은 부채질에 타올라서 증발해 버리고
뽀송뽀송한 향기만 품어서 청순해지고 싶어요.
누가 몰래 훔쳐볼지 몰라요.
더운 김을 훅 토하면, 처녀의 가슴에 아지랑이 살랑이는데
바다를 건너온 누렁이가 어슬렁어슬렁거리네요.
베란다 창을 닫아서 숨어드는 지저분한 입김을 차단해 주
세요.
젖은 살결을 만지지 말아 주세요.
저는 순결한 소녀입니다.

이글거리는 눈빛에 맞서 촉촉한 몸을 태워서
바람이 흔들어도 반으로 접혀서 돌아눕지 못하고
곱게 익어 가며 해바라기가 되어
이글거리는 눈빛에 당당하게 맞서는 열정을 꽃피우는
연분홍 깃발이 펄럭이는 곳에 시선이 팍 꽂히네요.

그런데 그 옆에 사각의 기사도 용맹스럽게 매달려 있군요.

흥분한 표정을 삼키며 노을이 물들 때
팽팽하던 줄이 홀가분하게 침대를 내려놓았습니다.
밤은 어둡고 깊어서 내일을 약속하지 않기 때문입니다.

학교 가는 길

달콤한 향기를 미각 속에 담을 때 허물은 벗겨져
발에 차이고 바람으로 흐느끼는 길
아리는 손으로 젖은 흔적을 치워도
갈 곳이 없는 허물들은 어느새 또 길 위에 눕는다.

모퉁이를 돌아가면 실내에서 쫓겨난 무법자들이
서러운 연기를 뱉어 놓아서
깊어진 골에 응고된 표정은 붉게 물든 채
지나쳐 가는 그림자
손가락에 끼워진 불꽃은 눈치도 없이 깜박여
우회하는 걸음 차갑고 싸늘하게 찌푸려지고
제공권을 벗어나 몰아쉬는 숨

제도의 모순이 공존하는 길을 지나면 학교가 있고
흙도 되지 못한 양심과 배설물을 치환하는
그림자는 오늘도 쓸쓸하다.

희망, 소금이 되기까지

방승호(문학평론가)

1

소금은 바다로부터 생겨난다. 세상을 품고 있던 바닷물
이 증발한 자리에는 조그만 결정들이 반짝이고 있다. 이 하
얀 알갱이가 사람들에게 쓰일 수 있기까지는 1년. 이 기나
긴 시간을 더 지나고 나서야 비로소 이 결정들은 소금이라
는 존재로 우리에게 쓰이게 된다. 그렇게 바다의 질서를 걷
어 내면, 소금은 액체에서 고체라는 물질의 형식으로 새롭
게 거듭나게 된다. 이것을 시가 만들어지는 과정에 비유하
면 어떨까. 시는 언어로부터 생겨나는 법. 그렇다면 언어
를 품고 있던 질서가 증발한 자리에 반짝이는 순수한 기표
들을, 우리는 시라는 예술을 통해 마음에 새기고 있었던 것
은 아닐까. 어쩌면 지금 시를 읽고 있는 당신의 마음에는

이미 몇 그램의 순수한 영혼이 쌓여 가고 있을지도 모른다.

김정수의 시는 세계를 덮고 있던 어떠한 사태에서 벗어나는 방향으로 쓰인다. 마치 해안가의 바닷물이 지구의 중력에서 벗어나 조금씩 증발하는 것처럼, 그의 시는 눈에 잘 들어오지는 않지만 더디게 일어나고 있는 그 이행에 주목하고 있는 것이다. 이러한 까닭으로 시인의 언어는 지금 시간을 덮고 있는 현재의 사태를 이야기함과 동시에, 앞으로 일어나게 될 미래의 사태를 함께 아우르는 모습을 보인다. 이번 시집의 문을 여는 첫 번째 시 「안개를 헤치고」에서 화자가 "깃발을 꽂으러 가자/ 오늘은 맑은 날이 될 것이다"라고 말하는 부분은, 현재("오늘")와 미래("될 것이다")를 함께 아우르려는 시인의 의식을 보여 주는 단적인 사례다.

어두운 산길을 헤쳐 나아갈 때에는
눈과 귀를 열어서 인적의 꼬리를 좇으면
방향타는 흔들리지 않고
여명의 싹이 돋아나

안개는 비장한 표정을 토닥이고
이슬에 촉촉이 젖고 거친 야수의 호흡에
결실을 생각하면 배터리는 초록빛이 되지
헤쳐 갈 동안 에너지가 필요하고
나뭇가지에는 아직도 새싹이 돋아나고

거친 바람에도 아직 파릇한 노랫소리

　　　　　　　　　　—「안개를 헤치고」 부분

　이번 시집에서 드러나는 세계는 주로 어둠과 안개로 덮여 있는 공간성을 지닌다. 그런데 시인은 이러한 사태를 고정적인 것으로 바라보지 않는다. 오히려 주체는 이러한 사태 속에서 일어나고 있는 미세한 변화를 감지하고, 그 변화 양상을 언어화하는 것에 치중한다. 마치 "어두운 산길"에서 "여명의 싹이 돋아나"거나, "나뭇가지"에 "새싹이 돋아나고" 있는 것처럼, 쉽게 감각할 수 없는 순간의 이행을 구체화하고 있는 것이다. 이렇듯 시인의 언어는 현재의 고정된 사태를 재현하는 것에 머무르지 않고, 지금 순간에 일어나고 있는 변화를 포착하는 움직임을 보인다. 예컨대 이번 시집에서 무엇인가 '돋아나'고 '자라나'거나 '피어난'다는 표현이 자주 발견되는 것은 이러한 특징을 드러내는 증상들이다.

　현재와 현재의 변화를 함께 말하는 일. 이것이 이번 시집에서 거듭되는 시인의 말하기 방식이다. 시인의 언어는 지금 일어나고 있는 변화를 함께 아우르는 움직임으로, 현재와 미래를 시 속에 이어 놓는다. 마치 하나의 움직임과 또 하나의 움직임이 이어지며 가능해지는 발걸음처럼 말이다. 걷는다는 것은 늘 현재와 미래를 함께 잇는 움직임을 동반한다. 이것은 지금의 한 발을 내딛음과 동시에 다른 한 발이 땅에서 발을 떼어 가는, 그렇게 현재의 내딛음과 미래를 위한 움직임이 함께하면서 이뤄지기 때문이다. 그렇기에 어떠한 존재가 어딘가를 향해 걸어간다는 것은 지금과 지금에 일어날 변화를 함께 사유하는 과정과도 같다.

2

리베카 솔닛은 『걷기의 인문학』에서 보행의 리듬이 생각의 리듬을 낳는다고 말한다. 풍경 속을 걷는 일은 곧 생각 속을 걷는 일이며, 이러한 보행의 시간은 보행하는 주체의 생각이 축적된 역사와 다름없다는 것이 솔닛의 설명이다. 이렇듯 걷기는 어떠한 존재의 사유를 나타내는 하나의 움직임이라 할 수 있다. 김정수 시에 나타난 걷기 행위 역시, 삶에 대한 시인의 사유를 나타내는 중요한 역할을 하고 있다. 특히 이번 시집에서 발견되는 서정적 주체의 보행은 삶의 여정을 걸어가는 모든 존재에 대한 연민과, 흘러가는 시간 속에 새겨진 아픔과 고통을 이겨 내기 위한 노력을 형상화한다는 점에서 주목된다.

> 길을 혼자 걷는데
> 볼트는 헐거워 덜컹거렸고
> 행선지는 아스라한데 녹이 슨 베어링은 안타깝고
> 신발 속 형제들은 의욕을 앞세우다 피를 부르고
> ―「귀의」 부분

무거웠지만 힘차게 달려 나갔다.
접질린 발가락의 아우성에도 굳은 발 다독이며
다리 뻗고 웃고 있는 맑은 날을 그려 본다.

　　　　　　　　　　　　　　　　　　　　　　─「깃발」 부분

　두 시 모두 삶의 여정에 따라 앞으로 걸어가는 일이 쉽지
않음을 비유하고 있다. 걷는 일은 일반적으로 나이를 먹어
감을 의미하기도 하는데, 이러한 삶의 여정은 「귀의」에서
"볼트는 헐거워 덜컹거"림을 수반하거나, "의욕을 앞세우다
피를 부르"게 하는 시련의 과정으로 표현되고 있다. 그러나
화자는 존재론적 고통을 수반하는 이 여정을 쉽게 포기하려
하지는 않는다. 오히려 「깃발」에서 화자는 더 "힘차게 달려
나"가는 움직임을 보이며 자신이 마주하게 될 "맑은 날"을
기대한다. 물론 이 과정이 시인의 삶에 "접질린 발가락"과
같은 상처를 만들 수도 있겠지만 말이다.
　이 발걸음이 자신의 삶을 지치게 하여 "서서히 찾아오는
구토증에 주저앉아"(「깃발」) 버리게 할지라도 앞을 향해 부단
히 나아가는 것. 이것이 시인이 우리에게 말하고 있는 걷기
의 의미이자, 삶을 살아가는 사람으로서 지녀야 할 하나의
방법론일 터이다. 그러나 시인은 인생에 있어 올바른 방향
으로 나아가기 위해, 때로는 되돌아가는 일도 필요하다고
말하기도 한다. 「깃발」의 뒷부분에서 화자는 "처음부터 다
시 채우는 거다"라고 언급하며, 삶에서 온전하게 소화되지
않은 길로 온 시간의 결과물을 남김없이 버리고, 때로는 다

시 시작하는 용기 또한 필요함을 역설한다.

그렇다면 김정수가 말하는 걷기의 방법이란 앞으로 나아가되, 때로는 올바른 목적지로 가기 위해 되돌아가는 지혜가 요구되는 행위라고 할 수 있을 것이다. 의욕만을 앞세워 섣부르게 움직이기보다는, 자신이 마주하게 될 미래를 기대하며 움직이는 삶. 이렇게 미래에 대한 잠재적인 기대와 이를 위한 현재의 발걸음이 함께 만들어 가는 삶의 여정에도, 때로는 자신이 예상하지 못한 일들은 발생하기 마련이니.

뇌세포를 쥐어짜면 떨어지는 땀방울을 남김없이 빼내어
자아도취에 우쭐거리며 그림을 그려 놓으면
지나는 걸음을 멈추고 곱씹고 음미할 줄 알았는데

무심히 지나는 길에 썩은 돌이 있었나.
불편한 돌부리가 되어 세 치 혀에 차이고 뒹구는 길

눈길이 머물러서 꽃이 되는 즐거움에
꽃길을 걸으며 찬사에 박수갈채를 바란 것은 아니었지만
푸른 나뭇잎처럼 두근거림을 느끼고 싶었는데

어둠을 헤매다 빛을 본 것 같았다.
나아가는 걸음이 선명해지기 시작하였을 때
벽에 새겨진 글자

"바른 길을 가려면 되돌아가시오."

　　빛이 보였는데

　　도리질하며 안경을 쓰면

　　그려 놓은 지도는 지워지고

　　상형문자가 자라나

　　길은 보이지 않아서 독도법을 습득해야 하는 시간들

　　꿈이 무너지는 통증에 깨어나

　　부러진 자갈을 뱉어 놓고 피를 삼키며 썩은 돌부리를 파

내고

　　치아를 이식하고 상처가 아물 때

　　길을 포장하기로 했다.

　　　　　　　　　　　　　　　　　　　　　　─「돌부리」 전문

　　"무심히 지나는 길에 썩은 돌"이 있는 법이다. 그러므로
우리가 걸어가는 모든 여정에는 예상하지 못한 일들이 발생
할 수밖에 없음을 위 시의 화자는 말하고 있다. 화자의 전
언처럼 세상의 모든 삶은 뜻대로 흘러가지만은 않을 것이
다. 자신이 그려 놓은 "그림"과는 다른 방향으로 인생은 흘
러갈 수도 있으며, 때로는 바른길을 가기 위해 왔던 길을
되돌아가야 하는 경우도 생기게 될 것이다. 그런데 시인은
이러한 삶의 다양한 사태들 속에서도 굴하지 않고 다시 일
어서서 나아가려는 태도를 보인다. "그려 놓은 지도"가 지
워지고 "길은 보이지 않아"도, 자신의 목표 지점에 꽂혀 있

는 그 '깃발'을 향한 의지를 내려놓지 않는 일, 그렇게 스스로 "독도법"을 습득하고, 다시 "길을 포장하"는 한이 있더라도 목적지를 향해 가는 일을 시인은 실천하고 있는 셈이다.

「균시차의 체감」에서 화자는 "멈추고 싶어도 나무는 열매를 꿈꾼다"라고 말하며 자신의 목표 지점을 향한 내딛음을 지속하려 한다. 여기서 등장하는 친구는 "이제 쉬어도 될 시간이라고/ 내세울 것 없어도 살아온 것이 이룬 것"이라고 말하며 "오후 5시"를 향하고 있는 그의 삶에 휴식이 필요함을 조언하고 있다. 그런데 화자는 이렇게 대답한다. "그럴 수 없는걸". 아직 이루지 못한 것이 있기 때문일까. 아니면 아픔을 딛고 일어서는 자신을 보여 주기 위함때문일까. 이유에 대한 대답보다 중요한 것은 시인이 다른 사람보다 조금 더 열정적인 마음과, 조금 먼저 일어서려 하는 부지런함을 가졌다는 사실일 것이다. 이것이 그의 삶이 만들어 내고 있는 차이이며, 그의 언어가 현재와 미래를 함께 아우르는 움직임을 보이는 까닭일 것이다. 그렇다면 시인의 언어가 이번 시집을 통해 도착하고자 하는 곳은 어디일까. 시인의 발걸음은 지금 어디를 향하고 있는 것일까.

3

"걷는 꿈은 황홀했어"(「생각의 그늘」), "가벼운 걸음"(「스토커」), "우물 속에서 걸어 나왔다"(「우물의 시간」), "시원한 물

한 잔에 갈증을 달래고 다시 달려가는데"(균시차의 체감) 등에서 볼 수 있듯이, 김정수의 시에는 걸음에 대한 주체의 사유가 드러난 부분이 많다. 그리고 이 움직임은 기본적인 보행에서부터 뛰어가는 행위까지 다양한 양태들로 제시되고 있다. 이는 삶에 대한 지혜를 우리에게 전하고 싶어 하는 시인의 사랑이 그만큼 크기 때문일 것이다. 인생에 대한 성찰적 사유를 솔직하게 형상화하는 김정수의 시는, 지금도 우리 곁을 함께 걷고 있는 한 존재가 말하는 진실한 고백과도 같다.

그런데 중요한 것은 단지 서정적 주체가 전하고자 하는 고백에 있는 것은 아니다. 그의 시가 우리에게 더 유의미하게 다가오는 이유는, 부단한 걷기 과정으로 비유되는 주체의 노력이 현재의 질서에 틈을 내고 조그마한 떨림을 일으키게 한다는 점에 있다. 그리고 그의 시가 이러한 움직임을 만들어 낼 수 있는 것은, 시인에게 걷기란 단지 삶을 살아감에 대한 비유가 아닌 언어를 찾아가는 영혼의 존재론적 여정을 함의하고 있기 때문이다. 앞 장까지 논의가 삶에 대한 시인의 가치관을 말하는 시간이었다면, 이제부터는 언어를 다루는 사람으로서 그의 영혼이 움직이는 방향으로 함께 걸어 볼 차례다. 「백색의 지도」를 앞에 펼쳐 놓고서.

알지 못해도 숨겨진 미로를 찾아가는 것이 좋아
암호 같은 지도와 숨겨진 칼
날카로움으로 감추어진 눈부신 빛

현기를 머리와 심장에 채워서

처음에는 하늘빛 되돌아보면 바닷속

…(중략)…

길을 잃을 때

눈을 감으면 보일 것 같은 길

귀와 눈을 열면 목적지에 이를까

깃발을 지나치면 다시 도돌이표를 만나

숨겨 놓은 과제는 킁킁 코를 가져다 냄새를 음미하며

차근차근 펴고 접어서 찢어지지 않도록

그러다가 간직하고픈 순간이 오면 갈무리하고

굽이마다 숨겨 둔 보물은 달라서

지도를 따라 완주하면 모두 내 것이 될 수 있을까

흡수한 것들이 소화되면 머리에서 흘러나와

태양 빛으로 말려서 순백으로 피어나기를 소원한다.

― 「백색의 지도」 부분

막스 피카르트는 『인간과 말』(봄날의 책, 2013)에서 인간이 언어를 통해 본질을 찾아내는 것은 커다란 유혹이자 위협과 도 같은 것이라고 말한다. 피카르트의 언급처럼 언어를 다 루는 인간에게 가장 큰 목적은, 어쩌면 자신의 본질에 가장 가까운 언어를 찾아내는 것일지도 모른다. 사람들이 살면서 그토록 많은 말을 쏟아 내는 이유도, 자신의 원하는 말을 찾기 위한 불가피한 과정일 수도 있는 것이다. 이는 "암호 같은 지도" 속을 걸어가는 과정이면서, "알지 못해도 숨겨진 미로를 찾아가는 것이 좋"은, 이와 같은 본능적인 유혹에 따르는 일이기도 하다. 그러므로 언어에 닿기 위한 이러한 시인의 여정은 정확한 답이 없어 보이는, 그렇기에 "귀와 눈을 열"기보다는 차라리 "눈을 감으면 보일 것 같은 길"을 가는 일에 가깝게 느껴진다.

이러한 까닭으로 시인이 자신이 찾던 말과 가까워지는 일은 단순히 "지도를 따라 완주하"는 것으로 해결 가능한 문제는 아닐 것이다. 이는 오히려 "흡수한 것들이 소화되"는 과정을 거치고 나서 '머리에서 입술로 흘러나'와야 하는 부단한 성찰과 되새김의 과정을 필요로 한다. 이러한 여정이 반복될 때 비로소 시인은 자신이 그토록 찾던 말에 조금씩 가까워질 터이다. 그러므로 김정수는, 아니 언어를 다루는 자는 이렇게 고백하고 있는 것이다. 이 세상에 완벽한 지도는 없다고. 그러니까 백색의 지도에 우리의 발걸음을 새겨 나가야 한다고. 그렇게 나아가는 만큼 조금씩 지도는 보일 거라고. "꿈을 꾸고 그렇게 믿고 다가가면"(『끌어당김』) 새겨지는 거라고.

> 미래의 공간을 형상화하여 노력하면
> 그리는 범위까지 사실처럼 윤곽을 입혀 나가지
> 보이지 않아도 예측 가능한 미래의 공간은

나아가는 만큼 조금씩 파장을 움직여 구체화하지

상상할 수 없는 미래는 현재를 기준으로 모든 경우의 수
를 포함하고 머물다가
시선이 향하는 곳으로만 형상을 찾아가며
없는 듯이 텅 빈 상태의 입자로 머물러

꿈을 꾸고 그렇게 믿고 다가가면
소원하는 미래는 그런 모습으로 활동하며 이끌려 와
미래는 모든 상태로 존재하지만
그리지 않으면 다가오지 않고 소멸하지

꿈을 향하고 상상하며 그렇게 하루를 행동해
오늘은 꿈을 위해 무엇을 그려 넣을 것인가.
꿈을 향해 어떤 파장을 보냈나.
욕심을 부리지 마
아주 조금씩 한 발자국만
오늘도 파장은 활동하며 나아가고 있어
미래는 모든 경우의 수를 포함한 완성된 우주야
가벼운 습관이 미래에 어떤 나비효과를 가져올지
　　　　　　　　　　　　　　　　　—「끌어당김」 부분

시인의 시간관을 알 수 있는 위 시에서, 화자는 하루에
한 발씩 천천히 걸어가는 삶에 대해 말한다. 그가 말하고 있

는 걸어가는 삶은 지도에 의한, 현실의 질서에 의한 움직임을 뜻하는 것이 아니다. 화자가 말하는 발걸음은 질서에 새로운 흔적을 내고 조금 다른 세상을 끌어오게 하는, 그렇게 "상상할 수 없는 미래"를 넘어서 "완성된 우주"를 엿보게 하는 유의미한 움직임이다. 지도에 의한 것이 아닌, 지도를 (만들기) 위한, 그리고 꿈을 위한 발걸음. 이것이 시인이 말하고 있는 삶의 본질이며, 시인이 찾고자 하는 영혼의 발걸음일 것이다. 화자는 눈에는 쉽게 보이지는 않지만 "아주 조금씩 한 발자국만"이라도 나아가는 작은 실천이, 현실의 작은 떨림을 일으키고 미래를 향한 새로운 내딛음을 이어 갈 수 있다고 말한다. 그렇게 우리는 자신의 꿈을 현실로 끌어당길 수 있다고, 시인은 말하고 있다.

그러므로 시인이 지금도 이어 가고 있는 발걸음은, 현재를 사는 동시에 미래를 마주하기 위한 일일 터이다. 그리고 이는 단순하게 앞으로 나아감을 의미하는 것에 머무르지 않고, 나아감으로 오히려 미래의 사태들을 현재로 끌어당기는 영혼의 움직임을 포괄한다. 이번 시집에서 발견되는 '파장'이라는 시어는 이러한 움직임에서 기인하는 질서의 떨림을 지시하는 말이다. 파장. 이것은 시인의 언어가 지금 시간에 균열을 일으키려 한다는 하나의 신호이다. 이는 상징계의 질서에 작은 파문을 일으키며, 보이지 않았던 지도에 "미래의 공간"으로 향하는 새로운 길을 낸다. 현재의 틈을 열고 미래를 끌어당기는 희망의 길을. 그렇게 누군가의 영혼이 꿈과 가까워지는 움직임이 있기에, 우리도 새로운 희망을 가슴에 품을 수 있다. 이 움직임의 방향으로 당신의 꿈을 "두 손으로 단단히 뭉쳐서 던져 보라/ 눈이 살아난다"(「눈의 생명력」).

4

시인의 영혼이 자신이 찾고 있는 언어를 향해 걸어가고 있음을 말하는 증상. 그 파장이 움직이는 방향으로 따라가다 보면, 우리는 시인의 발걸음이 향하는 지점을 발견하게 될 것이다. 물론 그 여정에서 시인의 기억 속에 존재하는 몇몇 소중한 존재(어머니, 친구)들을 만나기도 하겠지만, 시인은 과거에만 머물러 있지 않고 기어코 미래를 향한 발걸음을 내디디고 있다. 그렇게 "돌아보면 안개 자욱했던 길"(「같이 갑시다」)을 지나 안개를 헤치고 앞으로 나아가는 시인의 발걸음, 그 언어의 파장이 이끄는 방향으로 같이 가다 보면 우리 앞에는 넓은 바다가 보일 것이다. 그렇게 "파도에 조금씩 밀려가고 밀려오는 모래톱"(「모래톱」)에 서서 「물의 정원」을 바라보면,

> 이제는 순응하고 자연스럽게 머물러야 할 때
> 가슴을 활짝 열어 이끄는 데로 바다가 되어야 할 시간
> 순리에 의탁하고
> 떠내려왔던 흐름의 변화를 인정하며 하나의 의미가 되

어서

―「물의 정원」 부분

라고 말하는 사람이 있다. 그렇게 시를 쓰는 시인이 있다. 질서 속의 존재에게 걷는 행위는 정해진 움직임을 의미하는 것이지만, 언어를 다루는 자에게 이것은 자신이 찾고자 하는 가장 순수한 언어에 다가가는 변화를 의미하기도 한다. 그러므로 시인이 지금까지 새겨 놓은 삶의 발자국은, 단지 삶의 목적지를 향한 흔적이 아닌, 영혼의 본질을 찾기 위한 언어적 여정을 보여 주는 증상이라 할 수 있다. 그리고 그 여정 끝에 비로소 김정수는, 그간 현실의 질서 속에 방황했던 언어들을 내려놓고, 질서의 틈에서 벗어난 순수한 언어를 향한 새로운 출발점에 서 있다. 바다. 이곳은 언어적 여정의 종착지가 아닌 새로운 출발점이다. 이곳은 "떠내려왔던 흐름의 변화를 인정하"고 그의 언어가 영혼의 작은 '의미'가 될 수 있는 떨림의 공간이다.

이제, '의미'가 되기 위해서, 시인은 외연만이 떠돌던 기존의 언어에서 벗어나 세계를 덮고 있는 언어적 질서가 증발하기를 기다려야만 한다. 기어코 찾아낸 그 바다에서, 이제 바다를 조금씩 덜어 내고 그 안에 숨겨진 작은 결정을 찾는 일. 어쩌면 이것이 시인이 앞으로 헤쳐 나가야 할 또 하나의 숙명이며, 새로운 지점을 향한 첫 내딛음이 될지도 모른다. 그런데 이러한 앞으로의 여정이 더 기대되는 이유는 무엇 때문일까. 그것은 바다에 반짝이고 있던 작은 결정이 시인의 영혼과 만나 새로운 '의미'가 되면, 그 결정은 결국 시인의 시를 읽는 모든 사람의 마음에 도착할 것을 믿고 있기 때문일 것이다. 이제 새로운 시간이다. 시인은 우리에게 삶의 희망을 주었다. 그렇다면 우리가 해야 할 일은, 그의 언어가 바다를 걷어 내고 소금이 되는 일을 사랑으로 바라보는 일일 터이다. 늘 세계를 품고 있는 밝은 햇빛처럼 바다를 쬐어 주는 일. 이것이 시인을 다시 살게 할 테니, 말이다.

천년의시인선

144